はじまりはひとつのことば

覚和歌子

港の人

はじまりはひとつのことば　目次

はじまりはひとつのことば

はじまりはひとつのことば

それは「ぼく」だったかもしれない
それは「そら」だったかもしれない
「あした」だったかもしれない
ひかりがはじけ　あたりにとびちって

ひとつのことばのたねのなかには
きがもりがまちがひそんでいた
ひとつのことばのたねのなかで

ものがたりがはじまりをまっていた

どろだらけのしゃつ
ぬりえのかいじゅう
おとうさんのおさけくさいくしゃみ
おかあさんのおろおろ
あさやけとゆうやけをくりかえし
やがてぼくはおおきなふねをつくるだろう
さがしあてたいせきのかべをよじのぼるだろう

どんなげんじつもつくりおこせる
いつもはじまりはひとつのことばだから
しずかなゆきのはらにひびきわたる
おおかみのとおぼえのような

夏の理由

北半球の短い夏
むせかえる緑をかきわけて
ひぐらしの音に連れられて
あわいをこえてくる死者たちを
ひこうき雲の白がむかえる

生きてたころは力いっぱい走っておもいきり転んだ
愛して憎んで盗んで奪われて泣き叫んだ　呪った

汗みずくで追いかけて
のどを鳴らした水がうまかった
期間限定であてがわれたからだも
使いたおされて冥利だろう
だが脱いでみてわかったんだ
重力は借りもののよろい
思い出したんだ
あっちが故郷　こっちが異郷
それでもからだはいい
からだがあるのはすばらしい
血と骨と皮膚と粘膜
痛くても重くても鈍くなっても
精いっぱい生かしたからだを
吹く風にまかせて

汗が引いていくときの
泣きたいような爽快
からだからしかもらえない異郷の味が
狂おしくて恋しくて
また来てしまったよ

夏の空気は彼らで満ち満ち
砂糖水のようにどぷりと揺れる
生きている者にも持ちおもりするいのち
見えない彼らがたくす思いのたけで
わたしたちの夏はいつも烈しい

花束

おつかれさま　と
ハグし合って
大きすぎる花束を受け取って
あなたは高ぶりをかためたまま
はまった肩をゆるめないまま
今夜もきっと真夜中に目を覚ます

12歳の秋だった
聴き手が一人でも千人でも同じこと
かぼちゃじゃなくてそれは母親
千人の誇らしいあなたの母親
それからずっと　あなたは
羽を生やしたまま身がまえている

からだをすみずみまで水晶にしたら
光の反射をおぼえておきなさい
花がこぼれていたでしょう
香りと歌はよく似ている
深い骨へと届いていくだけ

この重たい花束は置いていけないと

あなたは思う
見晴らしのいい場所に出るまで
あなたの抱える花束ごと
自分を抱きしめられるまで

むかしはみんなが巫子だった

むかしはみんなが巫子だった
花や草の伝言を聞き
岩の響きに手を触れた
火と水とに教えを乞うて
死んだひとと　話をした
むかしはみんなが巫子だった
太陽と月の通り道と

夢の読み方と
ゆっくり歩くことを
知っていた
他人にするのとおなじだけ
自分のことをうやまった

むかしはみんなが巫子だった
昨日が　遠くに見渡せて
明日は　来る前に癒されていたから
いつでも今は　空っぽだった

むかしはみんなが巫子だった
からだの真ん中にいる神さまが
花の真ん中にも

岩の真ん中にも
河にも星にも
つながっていた

むかしはみんなが巫子だった
けれど　今より
苦労がなかったか
それは誰にもわからない

うつぶせの祝祭

浮き巣のなかではがれていく
わたしのうすい眠り
いつもは小さな生き物が
おびえながらあおむいているのに

お湯を沸かす音
雪を掻く音
ぼやけた匂い

手足は壺
ただ言葉だけが
宇宙のようにしずまっていて

失われて歪んでゆく記憶
残された重荷
ぜんぶかかえこんでかためた背中が
気づけば
とおといもののように
とおといものに
温かく抱かれていて

泣きながら光を閉じて
うつぶせで目覚めた朝

わたしを生かす鈴の音が
わたしに満ちた
わたしは生きていていいのだった

バースデイカード

ありったけの夏

あなたが生まれた瞬間
世界中のイルカが
いちどにはねた
踊る波しぶきは
万雷の拍手
太陽はひときわ燃え
空は青さをつのらせた

海にも山にも街にさえ
ありったけ放たれたいのちの匂い
何もかも許されている季節に
あなたもまた
思うさま投げ出すその手と足で
真昼の見えない星々を
抱きしめるといい

入道雲をつらぬくジェット機の音
こらえやまない気持ちの強さを
ずっとかかえて行かれるように
愛と呼ばれる約束が
青い惑星のおもてを
どこまでも手渡されて行くように

秋の質問

秋は記憶へと向かう長距離列車
静けさを取りもどした夜の奥を走る
生まれる前のおおぜいのわたしが
もう一度生きようとするわたしを
こんなに祝福してくれている

軒の干柿の夕焼け色が
ひとつひとつ心にともると

すすきの影がのびていく
揺れる穂先にあやされて
生まれて最初に聴いた歌のことばが
あともう少しで思い出せそう

ずっとやりたかったことをやっていい
生きることはひたむきなのぞみ
生きることはいじらしいよろこびのはずだから
この世にたったひとりの
わたし自身であるために
心をそらさずにたずねよう
ねえ　本当に欲しかったものは何だった？

ふゆはたまもの

いつくしみのいろはゆきのしろ
すべてのあやまちとかなしみに
つぐないをもたらすやさしさのいろ
けしきにはじまりをおもいださせ
こころにぜろをとりもどし
ふたたびいのることから
せかいをかきかえるためのいろ

まきすとーぶのほのおがおどりあがる
だれかがとをたたくおとがする
もしかみさまがいるとしたら
ふゆはひとへのたまものとおしえるだろう

あたえられたあいをみがいて
ひかりのたまにして
むねにかかえて
あたたかなこきゅうをつづけなさい
いまをだいじにねむる
あかんぼうのように

春は夢の上

雪どけ水のせせらぎの音
花びらをふきこぼす南風
とろりとたゆとう海の色
笑いをこらえる曇り空
路地に満ちる呼び声は
覚えたての雲の名前
空の名前　樹の名前

春という春に愛されて
生まれてきた
あなたはときめきの化身
かわりのきかないひと
この世にたったひとつの
いのちのかたしろ
渦巻きあふれてせめぎあう
その心のむずむずは
どんなにもどかしくてもじれったくても
あなたが今ここにいて
ついえぬ夢の上を歩いている証拠

カフェ・ルルド

ゴールド コード

下町の零細企業に秘書としての適性も何も
若めの女子がひとりきりだったから可愛がられただけ
ふと　なんかちがう　と思って辞表を出した日
経理の関口さん（70）が涙目で引き止めてくれたっけ

コーヒーを上手く淹れられるまで三ヶ月もかかったけど
時間は問題じゃないぜとつぶやくくらいの意気地はある
持続可能な経営と持続可能なテンション

得意なのはひらめきと行動力とバタフライ

そそるものの尻尾は見失わない
天職と呼べるものがあるなら
つま先は金の紐《ゴールドコード》でつながれている

お店と同じ名前のストリップ小屋が
熱海の町はずれにあるって
陽気な常連さんがおしえてくれて
なぜだかちょっとうれしい

パラフィン

ナオミ BB の詩が好きな理由は
わからなすぎて笑ってしまうから
こういう詩人もいていいんだ　と思うとき
肩のちからが抜けるから

適当と寛容
不安と思わせぶり
自立と自活と自家中毒と孤独癖

気になるものだけを
窓際の棚に並べて
私の店は私の詩

パラフィン*の装丁が
風にあたりながら灼けていく
行間には
この香ばしい湯気の匂いを

*本の装丁に使うグラシン紙のこと。
パラフィンは俗称として多用される。

バイブレーション

この陶のスプーンも
チーズトーストも
ホーローの灰皿も
壁のエッチングも
分解していけば
振動する場にすぎないのだと
それはつまり間合いのことなのだと
教え好きな大学院生は

いつもカウンターの真ん中に座る

だから見えてるものはあてにならないってこと
もう若くない君も僕に愛される資格はあるし
僕の顔に痣があるからと言って
君は目をそらさなくてもいいんだ

そうね
見届けたいのは
私たちの間合いをふるえる（またはふるえない）感情
チーズトーストは完食して
あなたはいつもコーヒーを飲み残す

かりんとかたつむり

愛のことは知らない
なのに
かりんの実が路地に匂って立ちどまるとき
歩道橋から潮を待つとき
お客を送り出して窓ぎわに座るとき
そこにいないあなたで
私はいっぱいになった

愛のことは知らない
なのに
にじんでしまうものはなに
かたつむりの這ったあとのように
思いを残して
風にかわいていくものはなに

連詩拾遺

そしてことばは手渡すために

連詩拾遺

そしてことばは手渡すために

絶え間ないせせらぎの都に
光の館は鎮まっていた
扉はひらかれるために
椅子は集うために
そしてことばは手渡すために

*

わたしたちの家では
一日に九つの言葉を失い
一日に九本の林檎の木を植えます

　在我們家
　毎天有九個詞彙消失
　那就讓我們毎天種上九裸苹果樹吧

*

積もっては固められる雪のような海馬
その下で糖度をつのらせる記憶
ひとのかたちは
集合的無意識《ひとつのいのち》の海へと下りていく
健気な通路

＊

海にたどりつく頃には
歌であってほしい
ついえることをはじまりにして
懲りない逃げ水のように
生まれる方へ

＊

なん人子どもが産まれても贋作のような気がするので
十一人目でとうとうサッカーチームを作るしかなかった
本気を出すと　これがけっこう強い

＊

あんなに可愛がってもらったのに
うまく顔が思い出せない
母さん あなたはこの世にいたのだろうか
それとも 生きてるつもりの僕のほうが
あなたの見てる夢なのだろうか

＊

右の耳から左の耳へ
魚の群れを通過させる方法
頬の内側を
青空でいっぱいにする方法
もう一度会えたら　今度こそおしえて

＊

変化はちょうど
つぼみがひらく速さ
待つことのよろこびを生きていけたら

＊

やっとの思いで発掘した古地図は
広げたとたんに霧と散った
水滴のすき間を小さな龍が逃げていく

＊

あなたが狩りに出かけたので　わたしは米を煮ました
昔すかいつりと呼ばれた朽ちる塔の足もと

立ち寄った旅人が　また人が減ったようだと言いました
あなたが黙るので　わたしのことばも減っていきます
忘れたくないから　うたにしてくりかえすけれど

*

広場の石がたったの一晩で並べかわって
明日は育てた熊の魂送り
つじつまを弔って
すっとんきょうを言祝《ことほ》いで
たった一つ残されたうたが
世界への捧げ物

*

のぞきこんだりふれたりそらしたりしたりしながら
つれそっていてくれるもの
ときめきのいのちづなのかたはしを
はなさずにいてくれるもの
みえないけれどいちばんまぶしいもの

このたたかいがなかったら

このたたかいがなかったら

このたたかいがなかったら
子どもは物売りに出かけずにすんだ
毎日欠かさず学校へ通えた
けれどこのたたかいがなかったら
家族を残してやってきた異国の兵士と
友だちになることはできなかった

このたたかいがなかったら
恋人たちははなればなれにならなかった

さびしさで胸をかきむしることもなかった
このたたかいがなかったら
今ごろつつましい結婚式をあげていた
けれどこのたたかいがなかったら
いのちとひきかえに深まる愛を
知らないままで老いたかもしれない

このたたかいがなかったら
町一番の食堂もこわされなかった
ひとのにぎわいも続いていて
働き口にもこまらなかった
けれどこのたたかいがなかったら
世界はこの国をかえりみなかった
国の名前さえ思い出さなかった

このたたかいがなかったら
死ななくてすむ子どもがいた
死ななくてすむ親がいた
そしてこのたたかいがなかったら
私はここに来なかった
混乱のまっただなかにも
子どものはじける笑顔があることと
それに救われるかなしみがあることを
たぶん死ぬまで知らずにいた

小さな星

イスラマバードの友人が言ったこと

家族があるのはいい
手をつなごうとするまえに
血は温かく結ばれている
それは無条件の心強さ
離れていても感じていられる
それは君にいつもよりそう
見えない味方のこと

子どもは多いほどいい
どんな子どもも未来だから
つい抱きしめてしまうのだ
取っ組み合いのどんがらがっしゃん
はしゃいでいるのか
泣きわめいているのか
区別がつかない大声が　今日も
いのちの歯車を回してくれる

貧しい暮らしはいい
たった一枚のナーンを
しみじみ味わうよろこびを知るから
分け合ったかなしみから
やさしさがつちかわれ

分け合ったほほえみは
思い出という心の糧として
てごわい旅路を食いつながせてくれる

だから君も家族を作れ
愛する人とともに
愛するものを
小さな星の地上にふやせ

希望の双子

これは役に立つ本だ　と君は言う
たった1ドル　買わなきゃ損だ
自分じゃ読めない古雑誌を売りつける君の
こすりつけてくるからだの匂いと
泥のつまった指の爪

妹が家で死にそうなんだ　と君は言う
いちにち分の家族の食いぶちのために
くいさがる君のしつこさは

物心ついたときから
とっくに腹をくくっている証拠

想像力は持っているだけ　苦しいのか
やぶれる夢は見ないことにしてるのか
それとも　生きててうれしいと
ときどきは思うのか　君も
妹のほほえみに　つい笑い返したりするのか

そのくせ　ときどき見せる
無防備な　ぎょうてん顔
乾いた砂を巻き上げる風が
やけて分厚くなった頰に
粉を吹かせて

友だちもみんな似たようなものだから
貧しさをすねることもない
誰かのせいにすることもない
生きのびるためのたった今を
むさぼるように積みながら
君は下っ腹でくそ意地を練り上げる

それがいつか
君の国のやまない疼きをはねかえす
したたかなばねにかわるといい
希望は絶望にとてもよく似た姿をして
明日の方角から
もう歩き出しているかもしれないから

このたたかいが終わったら

このたたかいが終わったら
友だちをさそっておむすび持って
町でいちばん高い山にのぼろう
はればれと見下ろす
生まれたばかりの町の
とどろく産声を聞こう
おしまいまでやりとげた充実で
胸をいっぱいにしよう

このたたかいが終わったら
黙って誇ることにしよう
まだだれも見ぬ地平線を描くという
難しいほうの道を選んだこと
失ったものより残されたものに
こころをそそぐと決めたこと
あえぎながら歩いても
小さな花を見のがさず
ありがとうねと声をかけたこと

小さな吐息で遠のくほどに
見失いやすい夢
知らない道の

草を分け入った先で
まだ負けていない自分に
会えますように

このたたかいが終わったら
大きな声でうたおう
消えいる心を支えてくれた歌
それよりもっと大きな声で
これでもかと泣こう
胸をしばっていたかなしみを空に放して
今度こそ夢も見ないでぐっすりと眠ろう

虹よ　かかるな

一九九五年初秋の朝
世界に届いたその光の映像は
沈む夕陽ではなかった
立ち上がる朝焼けの眩しさでもなかった
静かな調和に向かう世界にもたらされた
それは何度目かの深手のしるし

そのとき

オレンジがたわわに実る丘で
時計台から定時でもないのに
にわかに鳴り渡る鐘の音があった
そのとき
赤道近くの河のほとりでは
沐浴する老人の大事にしていた古い衣が
流れに掠めとられ
ヨギたちは
焼き場の煙がひとしお高く上るのを見た

そのとき
眠らぬ都市の片隅で
頭痛持ちのこめかみの軋みとともに
バネを飛ばして巻き切れたネジ

そのとき
女たちの腹の中
ためらうように赤ん坊がふととどめた手足
沈黙していた南の海と
海流で遠くつながる入り江に落ちた流星
波高5センチのどよめき

そのとき
地球のよろけたパルスが
大気圏いっぱいに満ちて
身じろぎ合うわたしたちがいた
それは
高らかに謳われる正義の名のもと
きっぱりと押された赤いボタンへ

五十年前のヒロシマに潰えた魂たちからの
決死の応答

海は　生傷が癒えるのに
あとまだ　何年かかってもいいはずだった
逃げられない痛みと連れ立つ日々に
何かひとつくらい感謝することがあるはずだと
死に物狂いで探した時間は永劫
眺める水平線に時折かかった虹は
どこへ向かうために渡された橋だったのか

海の青さはあわれみ
海の静けさは誰への無言
繕うことの叶わないかぎ裂きを残すために

選ばれてふさわしい場所など
地上のどこにもないのだと

どこからか
この兵器こそが再びの平和をもたらした　という
声高な演説が聞こえて
かきむしる涙で罪過を迫る怒号が混じる
絵かきは筆を叩く画布の上に
踊り子は手足のそのひと振りごとに
渾身の問いかけを装填し続けよう
この厳しい果実を賜わるために
私たちの蒔いた種は何だったのか
なぜ同じ種を蒔き続けるのか　私たちは
祈りのほかになすすべを見つけたくて

生きる日々の上にあらわしたくて

せめて信じていいのだろうか
壊れていくバランスは
元に戻ろうとする振り子の力で
壊れるまえより何倍も
慈しみを目覚めさせるという進化の法則を
あきらめの寸前で沈黙に待ったをかけてくれるそれは
言い古されてなお鮮やかなそれは
これ以上のまちがいをおかすことを人間にのぞまない

少しずつ自由の意味をたねあかしされながら
手足を伸ばして泳ぎ出していけることを知るのがいのちの役目ならば
そのために必要なのはただ青い青い海

たったひとつの願いが
過不足なくかなうその朝まで
どんなに美しい
虹も
決して
かかるな

＊一九九五年フランスにおいてシラク大統領（当時）による核実験が行われた。

美しいもの

美しいもの

美しいもの　それは通り過ぎる風
少女の頬の生ぶ毛をなでて
むせかえる初夏の森をあおる風
淹れたての花茶の匂いを盗んで
思いつめるひとをふりむかせる風
けっして立ち止まることのない余白

美しいもの　それは生まれたての赤ん坊のあくび

いたいけなはじまりはすべての物語
おそるおそる近づく指の先が
光のおすそ分けにほんのり染まる
語り出す前の一途ないのちの色は
まだだれにも名づけられたことがない

美しいもの　それは月星のめぐり
惑いとあらそいを引きうける地球の
恐れにもかなしみにも乱されない律動
生まれては生きて死んでいくわたしたちの
からだをうたわせることわりとおなじ
おかせないたましいの永遠系

美しいもの
それは明け暮れの工夫
それは雨上がりの石畳
朝焼けの流れ雲
窓辺に置いた水準器のあぶく
猫の背骨の　R

美しいもの　とても美しいもの
使い込まれたソースパン
お父さんがくれたメトロノーム
おかあさんの背中のすべすべと
帝王切開のきずのあと
血流の音
潮騒の調べ

美しいもの
ゆるぎなく美しいもの
「ありのまま」の本当の意味

そして美しいもの　それは祈るひと
憎しみに生け捕られず
人知の及ばぬものに裁きはまかせ
生きるほうへ生かすほうへと向かう心
たった今ここで　このむき出しの世界に
ほめ言葉を探し出せる心のちから

少年迷宮　戸山次男個展のために

寸分たがわぬ基本形が
隙間なく重なる静かな石組みの上を
少年は真っ直ぐに走っていく
地平線さえ跨いでどこまでも続く色彩の堤防が
立ちはだかる相手はだれだ
さい果てを目指して少年は走る
落ち着いて味わうことを知らない少年にとって

くり返す日常の石組みは
まだ退屈の意味しか持たないから
せめて走る速さで
焦れる不安を追い越そうとする

こんな静かな肌触りの確信が
見渡すかぎりしかも愉しげに敷き詰められていたら
自分が何かをまだ知らない者たちは
身の置き所がないはずだ

友だちのいない底無しの夜の
闇がべりりとはがれたとき
夢に浮かんだ空中建築
やさしいファシズムに風が吹く

反転する石組みの奥から
モールス信号のピアノソナタが漏れて聞こえて
追われるように少年は走る
ただ走っているだけになれるまで

さい果てを持たない風景は
ひらかれている迷宮のこと
迷宮は磨きをかけられた日常のこと
遠い津波が吠えている
額縁の裏側で金属の牙を剥いている
眠っていても覚めていても
迷うことにはかかわりがないから
出口捜しをあきらめて
迷宮を住処にしたひとのことを

少年は知らない

千年後の銀座は色鮮やかな遺跡の発掘に湧くだろう
独房の窓枠のサイズに切り取られ
夢の外へと運び出された迷宮の断片
よく見るとその端のほうを
光る羽虫のようにまだ少年が走っている

野苺

上野洋子CD「自然現象」のために

空を切り裂く鳥の声
ためらい　踏み迷う森に
泳ぐ指先が霧をつかむ
　このまま　もう動かないで
　朽ちるしあわせも選べる
どれほどいとしくても
誰のものにもできない心
頼りなさが決めごとなら

たおれながら歩かせるのは
どんなちから　誰の

いつからか思い出せない
見えない追手におびえて
みんな帰る場所なくしてる
　浅い眠りの夜のふち
　夢さえ見方を忘れて
どんな闇の底でも
ひとはいのちの星のかけら
生きるのなら　もっと遠くへ
まだ見ないほど
風に空につながれるほどに

薄い手のひらを透かして
止まない確かな脈拍
立ち止まり耳をすませて聞いた
熱く通う血の赤さは
闇夜に灯した野苺

からだをもらう

ひとつ前が誰だったのかは、もう忘れた
からだを持っていたとき
わからないことだらけだったそのことが
苦もなく全部わかってしまい
それをまた全部忘れて
もういちど　からだをもらう
何度目かの　創作
は　反復ではないはず

光の塵の遠い渦巻きは
招き寄せることと送り出すことを同じ意味に
中心と末端の区別をつかなくして
言葉か
まなざしか
物言わぬちからを　くれる

気づかずにはじめる
足裏の一歩目から蹊ができて
そのそばから次々に
つぼみの花のほどかれてゆくわけではないにしても
まだ分かたれていることの確認のために

本当はどんなときも断たれてはいないことの
証しのために
それとも　ただ
ただ舞うために

前後　左右　天地
三つの座標軸の　危うバランスを遊ぶ
ふるまいとしぐさのつながりの
その瞬間ごとをクロッキーした白い画用紙は一生分
何度も自分にはじめて出会い
温かくふくらみながら
境目のなくなっていく個体宇宙

こぶしの内側の　いくすじものしわ
五本の指をゆっくりのばして放物らせん
着地するのは　水の惑星

ひとり連詩

浅い春の八ヶ岳にひとりで連詩してみるの巻

ひとり連詩

浅い春の八ヶ岳にひとりで連詩してみるの巻

一

積もった雪が音を立てて溶けている
左右に雲が切れていく空に
少年兵の敬礼のようなセスナ
世界は青と白だけでできていて
たったいま初期化完了しました

二

8号の海と空　あの二枚組はもう売れてしまったかしら
海のは食堂に　空の方はベッドルームに
記憶が戻ったあの人が帰る前に飾りたいの

三

タロットカードの「審判」は復活のシンボルです
あきらめていたことに望みが生まれて
焼けぼっくいに火が付くきざしがあります
失恋したばかりだったので占い師はうれしかった
自分のことを占ったら消えてしまうことも知らずに

四

遠いところ
ここからいちばん遠いところ
あの時さようならを言えなかった
大事な人が待っているところ
ほほえみといっしょに腕をひろげて

五

三年もたてば
生まれた赤ん坊に物心がついてしまうよ
顔とフルネームを覚えられてしまうよ

六

古い家の軒先に立って
ポケットに手をつっこんだ
子どものあなたが笑ってる
この写真がいつか私のところに来るのを
知ってたみたいに

七

ラジカセのリモコンでエアコンはつかないでしょ
歯医者の予約カードで改札は通れないでしょ
牛乳を沸かしっぱなしで猫をいじっちゃだめでしょ
恋に落ちると日常にいそしめない
どうかすると死にかけたりする

八

いなくなった日は朝から雨だった
まっとうな河童だったと信じたい
胎生か卵生かはとうとう教えてもらえずじまい

九

やっぱり極道だよねという明るい声に振り向くと
女子高生のふたり連れ
何がやっぱりなのか　さっぱりわからない
おととい火事で家が丸焼けになったからさあ
すれ違うエスカレーターで聞こえたのはそこまで

十

夢は遺体のメイキャップアーチスト
クライアントは地獄の釜のドームライブであの世デビュー目前
棺桶の控え室では申し合わせたようにかちかちに緊張して

十一

チェ・ゲバラ似の非常勤講師の座右の銘は
「私は指針であり門扉であり木偶の坊である」
革命を率いる器量はないが
日照りの時はおろおろ歩きたい
自画像をプリントしたTシャツにはこっそり憧れている

十二

感情も数式も素通りする現象
本能の落としだねのようなほんの思いつきに
この世の秘密はしまわれている

十三

静寂に
洗われる耳
静寂に頷く鼓動の中心

十四

夕陽よりも先にあなたの町にたどりつきたい
夜よりも先にあなたをかくしたい

鎖骨に頬をあてて心拍を重ねよう　星が呼吸を始める前に

十五

洗いざらした地球の皮膚に
また　はりついて
なつかしい私たちは
あたらしい私たちを生かす

十六

くりかえしくりかえしくりかえしてどこまでも
組み合わせ敷き詰めて裏返しくり抜いて
ずらして積み上げて

十七

これからもっと日が長くなるからね
沈丁花のつぼみもはじけるからね
私を待たなくていいから走って行きなさい
欲しいもののところへまっしぐらに
希望の後ろ姿は群青で宇宙とおんなじ色をしてる

十八

おしまいは次のはじまりを呼んで
書きたい気持ちが縦横コイル状にのびていく
こんなに詩が好きだったっけ

ミカエル通り

砂丘のお点前

はるばると見晴らせば
風わたる砂丘の野点
おでましはようこそ

本日はお日柄もよく
吹き溜まり崩れていく
流砂の上に　緋毛氈
久しく待ち遠しきおめもじ叶えば
益々お顔の色つやすこやか

しあわせはこのうえなく
ひとしお慶賀の至り
作法通りに立てる一服　まずは
こころゆくまでおたちあいませ

風が浜へと吹きわたれば
天気晴朗なれども波高し
海の名前はわからない
なだらかな女の背中さながらの
象牙の色の細かな砂に　風紋は
特大のへらで何度もこそげて　会心のできばえ
河口の三角州　ふくさの形に裏返し
地平線　めくりあげ
水平線　折ってたたんで

天に盾突く防風林の列柱のきっ先に
いつか見た皆既日食の金の環そっとのっけて
回してすすめる
これも　ひとととおりお作法のうちでございます

砂丘には西風　ねこにまたたび
昔からの決まりごとのように
ここでは何もかも晴れ晴れと割り切れる
お点前は地球の姿もむき出しに
野点といっては立てる砂けむり
いえいいえ　野点というからには
野を立てる
平らな地面を立てていく
たてのものを横にもしないわたしたちが

ひじを立てひざを立て志立てたところで
ずぶりずぶりとめりこむくるぶし
砂に吸いこまれながら大地に漉《こ》されて
もはや何の疚しさがありましょう

飛行機雲はまっさかさまに
電話のベルは空耳ですか
太陽の東　月の西
干菓子は　駱駝の化石です
ふたのしまらぬ玉手箱
つぎはぎだらけの宇宙服
端のめくれた受験票
お好みつまんでいただいて
存分憩うてあそばしませ

がれきの山でぴかぴかしていた
銀のジタバーグ操って
おひまつぶしのお手伝い
腹の足しにはならない一服
役にも立たないその日暮しに
ごちそうさまとおっしゃられたら
おそまつさまと申し上げます
花の苗など根づかせない
生まれた時から廃墟の顔の
この世の果ての砂丘の上で
死ぬまで遊んでいかれませ
死ぬほど遊んでいかれませ
そしてまた

お気が向いたらお寄りください
いつでもここで心から
お待ち申し上げますほどに

またいつか

生まれる赤ん坊を待ち遠しくしている手つきで
抱えているのは　あなたの頭蓋骨
胸のおうとつにひたりとはまるところを見ると
今生のしるしはこれだったのかと
この期におよんで合点しました

球面は陽にやけた遠い昔の紙の色
つたないくちびるをいくつも押しつければ

私にも思いの外の人生でした
もう本当に
お腹いっぱい生きた気がする

どんな不自由も恩寵だと思える限り
微笑みはうしなわれないのでしょう
沈黙の薬酒とソーダの泡の饒舌を
かわるがわるあてがって
わけもなく
生きることは　それだけで贅沢だと思えるほど
こころづよかったのでしたっけ

頭蓋骨は私の腕の中であおむいて
またいつかね、とつぶやきました

時計草の花がくるりと揺れて
あなたを抱いたまま
私も少しずつ乾いていくようです
ため息の速さで
土へと向かって

reset

そして
何もなくなったけれど
太陽が隠れて
しばらく寒い時代が続いたけれど
また一から始まるだけのことでした

生きていこう　と
誰かが言うのを待っていました

誰かが言えばうなずく用意はありました
うなずけば心強くなると知っていました
言葉はいびつに繁殖しきって
手放されるのを待っている
誰かはわたしかもしれませんでした

天を呪うもの
錯乱するものは
奪ったり傷めたりしました
あるのは剝き身のわたしたち
思い描けるものは安らいで
分け合って
微笑むことができました
ひからびた花弁の奥に

こぼれる種を見落とさずに
こんな話をしながら
わたしたちどこへ向かっていたのでしょう
あの冬の夜
灯りのとぼしい坂道で
二度とはぐれないように手をつないで

ミカエル通り

予言はきっと外れない
もうじき新しい陸地が生まれて
私たちが手づかみで食べ尽くした
古い山や島は海に沈む

おさない私たちを生かしてくれた
海や空の青色が陸地の緑が
そこではすっかり塗りかえられているという
柔らかな鴇《とき》色を糧にやしなわれる心映えは

私たちがまだ知らない体を住みかにするのだろう

思えば夕焼けも朝焼けも先ぶれだった
昼と夜　夜と朝の境目は
あたらしい淡紅《うすくれない》と親しんだふるい青で
過越しの星祭りを
空いちめんに描いてみせていたのだ
だれもがかみしめずにいられない
わかりやすさと切なさで

羽を生やした者が行く路に
思い出せた者たちがひとりまたひとりと合流する
いじらしい執着を手放して
生き残るよりも祈ることを選んで

瀬戸際が踊っている

さざ波は　寄せ返すたび　あたらしい
ざ　ざざ　ちたちたちたちた
寄せて波　返しては波
寄せて波がしら　きらり
返して波しぶき　ざぶり
踏みこんで　盛り上がり
あとずさりして　渚は濡れた白

海岸線は禅の公案
疑いと確信のくりかえし
かわいた問答の折りかえし
それでも　きらきらと老いていく筋肉の柔らかさで
瀬戸際は　踊る
地図には描ききれない海のかたちを
瀬戸際と　踊る
月の引力に　息づかいを重ねて
瀬戸際は　踊っている
瀬戸際と　踊っている
ここからが　海
ここまでが　海
ここからが　からだ
ここまでが　からだ

深手を負わずに　越えられないかもしれないが
鍛えられた目測が　最も正しいのだろう
目の高さに水平線を引いて
つま先立ちで海へと進む
ありったけのやりかたで
もう踊りつくされた手足
そこから
イメージを手放し
ことばを攪拌し
からになった皮膚をひとつずつ脱いだ

やがてからだは祈るために必要な
一筆描きの線になる

ひるがえる線の任意の一点が　永遠とこすれあう一瞬
うつし身のまま　この世ならぬどこかに転位する
すきま

ざ　ざざ　ちたちたちたちた
遊んでも　いいのですよ
うたってもいいのですよ
動いても　動き足りない
それでこそ
寄せ返すたびに　あたらしい波のかたち
やがて
揺れる海岸線から垂直に立ち上るオーロラ

あとがき

八ヶ岳を原稿書きの拠点として三年が過ぎた。自然の中に身を置くと〝受信〟が楽になる気がする。緑の森には手助けしてくれる見えないものが確かにいるようで、そのせいか創作に自由とよろこびが戻った。

そうして久しぶりに詩集を編んだ。写真や絵画やダンスなどとのコラボレーションで生まれた二十年前の詩も掘り起こしてまとめている。〈連詩拾遺〉は、二〇一〇年から二〇一五年までの「しずおか連詩の会」と「熊本連詩」の自作分を組み合わせてみた。第二詩の中国語訳文は中国詩人の田原《ティエンユアン》さんとの共同作業である。そのときどきで創作の場を共にした詩人仲間ひとりひとりに、得がたい成長の経験を与えられたことを改めて思い返して感謝した。

相変わらず日常と身体に直結しているような詩が好きだ。考える前に意味と音がじかに身体に響いてくる詩が好きだ。

「私」をひとまず脇に置いて、掃除の行き届いたチューブとなって、宇宙のどこかにある源泉なるものからのエネルギーを地上に届けるのが創作者の理想だという考えも変わらない。「私」を超えたところにこそ創作の真実やダイナミズムがあるという思いは、ますます強くなる一方だ。私は現代の経文を生み出す道具になりたい。

編集作業はなまなかでなく思いの外時間がかかったが、ここを起点にまた書いていけそうな気がしている。

お手伝いをいただいた大森美知子さん、港の人の上野勇治さん、力づけをくださった多くの友人と家族に、心からお礼を申し上げる。

いただいた力を次の誰かに手渡し続けていきたい。

二〇一六年文月吉日

覚 和歌子

初出一覧

はじまりはひとつのことば　『小学生で出会っておきたい55の言葉』巻頭詩　PHPエディターズ・グループ　2014
夏の理由　『読売新聞』2012/08/18
花束　書き下ろし
むかしはみんなが巫子だった　『青天白日』巻頭詩　晶文社　2004
うつぶせの祝祭　書き下ろし

バースデイカード　バースディカード　アルソア化粧品　2013
ありったけの夏
秋の質問
ふゆはたまもの
春は夢の上

カフェ・ルルド　オブラートSYLPイベント＠表参道スパイラルカフェ　2015
ゴールド コード
パラフィン
バイブレーション
かりんと かたつむり

連詩拾遺
そしてことばは手渡すために　グランシップしずおか連詩の会／熊本連詩　2010～2015

このたたかいがなかったら　渡部陽一朗読CD「Father's Voice」ビクターエンターティメント　2011
小さな星　同右
希望の双子（CD収録タイトル「明日の方角」）　同右
このたたかいが終わったら　同右
虹よ　かかるな　∞気流法*＠パリ・白鳥のまなざし劇場　1995

美しいもの　ワコールイベント＠日本橋三越　2015
少年迷宮　戸村次男個展＠銀座　1997
野苺　上野洋子CD「自然現象」　2005
からだをもらう　∞気流法＠青梅・御嶽神社境内　1996

ひとり連詩　浅い春の八ヶ岳にひとりで連詩してみるの巻
オブラートSYLPイベント＠表参道スパイラルカフェ　2015

砂丘のお点前　∞気流法＠豪徳寺・ムービングアーススタジオ　1997
またいつか　『びーぐる』4号　2008
reset　書き下ろし
ミカエル通り　書き下ろし
瀬戸際が踊っている　∞気流法＠豪徳寺・ムービングアーススタジオ　1997

＊∞気流法／日本発祥の実践的身体哲学

覚 和歌子◎かく わかこ
詩人・シンガーソングライター
山梨生 / 千葉育ち。早大一文卒。大学卒業時に前衛ロックバンド「ショコラータ」の作詞でデビュー後、平原綾香、smap、夏川りみ、クミコ、ムーンライダーズ、沢田研二などに多く作品提供。1992年より開始した『朗読するための物語詩』の分野で評価を受ける。シンガーとして、2004年自唱ソロCD『青空1号』（ソニー）、'10年『カルミン』（valb）、'14年『ベジタル』（valb）をリリースし、自らのバンドを率いて国内外で演奏活動を展開中。'12年震災ドキュメンタリー「きょうを守る」（菅野結花監督）の主題歌を「ほしぞらとてのひらと」（valb）リリース。詩集『ゼロになるからだ』（徳間書店）、『海のような大人になる』（理論社）、『yes』（小学館）をはじめ、エッセイ、翻訳絵本など著作多数。'08年映画『ヤーチャイカ』（主演 / 尾野真千子・香川照之）で原作・脚本・監督（共同監督・脚本 / 谷川俊太郎）。'09年舞台「届かなかったラブレター」（ル・テアトル銀座、主演 / クミコ・井上芳雄）演出・構成。'14年より米国ミドルベリー大学にて日本語学の教鞭をとる。
詩作を軸足に幅広く活動中。最新刊に「ポエタロ」（地湧社）。

はじまりはひとつのことば

2016年7月22日初版第1刷発行

著　者　　覚 和歌子

発行者　　上野勇治

発　行　　港の人

神奈川県鎌倉市由比ガ浜3－11－49
〒248-0014
電話0467（60）1374
ファックス0467（60）1375
http://www.minatonohito.jp

印刷製本　創栄図書印刷

ISBN978-4-89629-316-6
2016, Printed in Japan